ZAG HEROEZ

Miraculous™

Queen Bee pour la vie

Une série réalisée par Thomas Astruc
Bible littéraire : Thomas Astruc
Bible graphique : Thomas Astruc et Nathanaël Bronn
D'après l'épisode « Miraculeur »
écrit par Thomas Astruc, Matthieu Choquet,
Mélanie Duval et Sébastien Thibaudeau.

Novélisation : Catherine Kalengula
Conception graphique : Carla de Cruylles
Mise en pages : Le chalet graphique

Hachette Livre, 58, rue Jean-Bleuzen, 92178 Vanves Cedex.

Miraculous

Queen Bee pour la vie

hachette
JEUNESSE

Marinette & Ladybug

Dans la vie,
Marinette a deux passions :
la mode et... Adrien !
Le problème, c'est qu'elle perd
tous ses moyens lorsqu'elle doit
lui parler. Pourtant, Marinette
cache un incroyable secret :
elle est Ladybug,
une super-héroïne, sûre d'elle
et déterminée !

Tikki

C'est le kwami de Marinette. Elle lui permet de se transformer en Ladybug, lorsqu'elle intègre ses boucles d'oreilles magiques, les Miraculous. Calme et rassurante, Tikki est toujours de bon conseil !

Adrien & Chat Noir

Adrien est LE garçon parfait : beau, sympa et populaire ! Comme Marinette, il mène lui aussi une double vie ! Il est Chat Noir, le complice de Ladybug, dont il est amoureux sans connaître sa véritable identité...

Plagg

Paresseux et un peu ronchon, le kwami d'Adrien ne l'aide pas toujours de gaîté de cœur ! Pour permettre à son complice de se transformer, Plagg doit intégrer sa chevalière.

Papillon

Personne ne sait qui il est en réalité ni où il se cache. Il a le pouvoir de repérer les gens en colère et de les transformer à distance en super-vilains grâce à ses akumas. Son but ? Voler à Ladybug et à Chat Noir leurs Miraculous, qui sont les objets magiques les plus puissants au monde.

Les akumas

Ces papillons chargés de magie peuvent intégrer l'objet fétiche d'une personne en colère et ainsi la transformer en super-vilain.

1

Allez, viens, Ladybug !

Qu'on se le dise : Chloé-Queen Bee est la plus géniale des super-héroïnes, la plus forte, la plus stylée… la plus tout, quoi ! Elle sait manier sa toupie magique comme personne, et grâce à son pouvoir – son venin –, elle immobilise son adversaire en un éclair.

Tchac ! Pas le temps de dire ouf, le voilà figé ! Pas mal, non ? Il faut aussi souligner que Chloé n'a peur de rien – ou peut-être seulement des vêtements bon marché. Et qu'elle a plus de caractère que tous les élèves de sa classe réunis.

Du piquant ? Elle n'en manque pas ! Elle adore combattre les super-vilains et prouver qu'elle n'est pas seulement la fille pourrie gâtée du maire de Paris. Qu'elle peut aussi être… courageuse.

Alors, pourquoi Ladybug ne vient-elle pas la chercher ?

C'est bien la question que se pose Chloé, ce

jour-là, tandis qu'elle fonce sur le toit du palace où elle vit. Sabrina court derrière elle, un téléphone à la main. Elle regarde les informations quand, soudain, elle trébuche, chute et laisse tomber son appareil sur le sol.

— Pour combattre le terrible Destructeur, rapporte la journaliste Nadja Chamack, Ladybug et Chat Noir ont fait appel à leurs acolytes, Rena Rouge et Carapace. Espérons que nos protecteurs viendront rapidement à bout de ce nouvel adversaire.

Plus bas, une épaisse fumée s'élève des rues. Ça a l'air d'être le chaos !

Pour affronter cet ennemi super-coriace, Ladybug aura besoin de Queen Bee, forcément ! Et, juste au cas où elle aurait un petit trou de mémoire, Chloé a tout prévu : munie d'un projecteur, elle envoie un motif géant en forme d'abeille dans le ciel. Avec ça, le message est on ne peut plus clair, non ? Et Ladybug ne pourra pas le rater.

En attendant, Chloé sort une photo d'elle et de la super-héroïne. La meilleure équipe du monde ! Rien que sur le cliché, on voit qu'elles sont unies par un lien spécial. Qu'elles sont *amies*. En tout cas, Chloé en est persuadée.

Elle se met à regarder les infos.

— Le combat fait rage entre nos héros et le Destructeur, poursuit Nadja, tandis que derrière elle, la tour Eiffel explose. Oh non, le monument emblématique de Paris vient d'être anéanti !

Chloé secoue la tête, désespérée.

— Ah, ce qu'il ne faut pas entendre ! Sans moi à leurs côtés, ils sont ridicules. Totalement ridicules !

Sabrina met ses mains en porte-voix pour crier :

— Ouvre les yeux, Ladybug, tu as besoin d'aide, viens chercher Chloé !

Un petit coup de coude de son amie et elle rectifie :

— Viens chercher Queen Bee !

Ah, voilà qui est mieux…

Dans son antre, le Papillon ne perd pas une miette de la situation. Bien sûr, les agissements du super-vilain l'intéressent, mais pas seulement. Il communique par télépathie avec Nathalie, son assistante transformée en Mayura. Perchée sur un monument situé à proximité du

palace, celle-ci observe discrètement Chloé.

— Mayura, dit-il, alors qu'une nuée de papillons blancs vole autour de lui, Ladybug est en difficulté.

— Chloé l'attend déjà, lui répond-elle. Comme à chaque combat.

— Parfait, se réjouit le Papillon. Tenez-vous prête si jamais Ladybug vient lui remettre le Miraculous de l'abeille.

C'est tout ce qu'il espère…

Chloé regarde les informations, sans savoir qu'elle est espionnée.

— Ladybug invoque son Lucky Charm, explique la journaliste. Un canard de bain ? Que va-t-elle en faire ?… Pendant ce temps-là, Chat Noir, Rena Rouge et Carapace…

Les yeux rivés sur le téléphone, la jeune fille sent la colère monter. Monter. Si ça continue, ce n'est pas en Queen Bee qu'elle va se transformer mais en cocotte-minute !

— Enfin, qu'est-ce que tu attends ? peste-t-elle, comme si Ladybug pouvait l'entendre à travers l'écran. Tu as besoin de mon aide !

Au même instant, Nadja Chamack s'exclame :

— Mais oui, bien sûr ! Quel coup de génie ! Encore un triomphe pour Ladybug ! Elle a vaincu le Destructeur avec l'aide de tous ses camarades super-héros !

En arrière-plan, on voit les coccinelles magiques réparer les dégâts. Pas de quoi réconforter Chloé… Elle n'a jamais été aussi en colère de sa vie ! À chaque fois qu'un super-vilain débarque, elle espère que Ladybug l'appellera à ses côtés. Et à chaque fois, elle est déçue. Totalement déçue.

— *Tous* ? s'emporte-t-elle. *Tous* ? Et Queen Bee, alors ?

De rage, elle jette son téléphone.

— Décidément, cette Ladybug n'est vraiment pas sympa… commente gentiment Sabrina.

— Ah ! se désespère Chloé avec condescendance. Tu ne comprends rien à rien, ma pauvre. C'est juste qu'elle ne fait appel à moi que face à des super-vilains exceptionnels.

— Euh… hé, hé, hé, glousse sa copine, un peu gênée. Bien sûr.

Pourtant, en secret, Chloé a des doutes… Et si jamais elle ne se transformait plus jamais en Queen Bee ? Non, c'est impossible !

Ah, j'adore ces mots : mission accomplie ! Le Destructeur nous a donné du fil (de yoyo) à retordre, mais on a réussi à le vaincre ! Heureusement que Carapace et Rena Rouge étaient là. Il est maintenant temps pour eux de me rendre leurs Miraculous – ce sont les règles du jeu. Mais Nino et Alya le savent et ils sont

toujours ravis de me donner un coup de main. Ils se détransforment avant de me tendre leurs bijoux magiques.

— Et n'oubliez pas, je leur rappelle, personne ne doit connaître vos identités secrètes.

— À part nous, quoi… lui répond Nino, en saisissant la main d'Alya.

Ce qu'ils sont mignons, tous les deux !

— Merci de votre aide, à la prochaine, les amis ! je les salue.

Sur ces mots, je lance mon yoyo et je retrouve Chat Noir sur la tour Eiffel.

— Tu ne lui as toujours pas parlé, souligne-t-il, les yeux levés vers l'abeille lumineuse projetée par Chloé.

Pas besoin de m'en dire plus. Mon coéquipier m'a déjà demandé d'aller voir Chloé mais une partie de moi a vraiment pitié d'elle. C'est vrai, quoi, elle ne demande qu'à nous aider ! Sauf qu'elle a commis une grave erreur : se transformer à la vue de tous.

— Tu sais que c'est dangereux, je me défends.

Tout le monde sait qu'elle est Queen Bee. Tout le monde, ça veut aussi dire le Papillon ! Il pourrait se servir d'elle pour nous piéger. C'est pour cette raison que nos identités doivent rester secrètes.

— Les secrets les mieux gardés sont ceux qui ne sont pas partagés, tu as raison, approuve-t-il. Mais j'ai

l'impression que Chloé ignore qu'elle ne se transformera plus en Queen Bee.

— Je sais. Mais je n'ai pas trouvé le temps de le lui dire. Et…

Soudain, mes boucles d'oreilles se mettent à clignoter. Je dois filer !

2 La reine de la manipulation

Nathalie s'est détransformée elle aussi et elle retrouve Gabriel Agreste dans son bureau.

— Chloé Bourgeois *doit* redevenir Queen Bee, déclare-t-il.

— Vous voulez toujours en faire votre alliée ? lui demande son assistante.

Je crains que Ladybug ne souhaite pas lui confier à nouveau le Miraculous de l'abeille. Elle fait preuve d'une grande prudence.

— Dans ce cas, il faudra que Chloé la force à le lui remettre, réplique-t-il. Si elle venait à perdre tout espoir de revoir Ladybug, elle serait furieuse, et je n'aurais plus qu'à l'akumatiser.

Justement, pour faire perdre tout espoir aux gens, le Papillon s'y connaît ! Toutefois, il n'aurait rien contre un petit coup de main – ou plutôt, un petit coup de… manipulation. Par exemple de la part d'une championne en la matière, qui n'a pas son pareil pour mentir aux gens. Son nom ? Lila Rossi !

Rendez-vous est donné devant un parc parisien. Tandis qu'assise sur un

banc, la jeune fille lit un livre, le couturier arrive en voiture. Il s'arrête à sa hauteur et ouvre la vitre.

—Je tiens d'abord à vous remercier pour votre confiance, Monsieur Agreste, commence Lila. C'est un honneur pour moi de protéger Adrien. Un honneur et une douleur quand je vois ceux qui l'entourent.

Votre fils mérite tellement mieux que cet imbécile de Nino ! Et je ne parle même pas des filles qui se battent pour le séduire. En particulier, cette idiote de Marinette et cette petite peste de Chloé. Chloé, ha ! Elle se croit intéressante parce qu'elle a été Queen Bee, mais Adrien ne s'intéresse pas du tout à ces pauvres filles. Il est si parfait.

Dans sa voiture, Gabriel Agreste a écouté ce long discours et il sait très bien comment y répondre. Parce que si Lila est une championne de la manipulation, le couturier en est le maître incontesté !

— Je pense que Chloé ne laisse pas Adrien complètement indifférent, affirme-t-il.

Ils ont tissé un lien très fort depuis l'enfance. Un lien tel que personne ne pourra le briser. Merci bien, Lila, nous parlerons demain.

Le poisson est appâté. Il n'y a plus qu'à attendre. Pourvu qu'il morde à l'hameçon ! Mais connaissant Lila, Gabriel Agreste n'est pas vraiment inquiet…

Ah, rien de tel qu'une journée bien tranquille au collège pour recharger les batteries ! Pas de super-vilain à l'horizon, ni de mission périlleuse. Je vais pouvoir souffler un peu ! À mon arrivée sous le préau, je trouve Chloé en train de discuter avec Adrien.

— Oh ! Rena Rouge et Carapace manquent tellement de classe ! critique-t-elle, tandis que Nino et Alya sourient, amusés. Je ne comprends pas pourquoi Ladybug continue de faire appel à eux, quand moi, Queen Bee…

Et voilà que patatras, mon pire cauchemar surgit ! Pas une super-vilaine, non. Pire : Lila Rossi ! Pourquoi est-ce qu'il faut toujours qu'elle s'incruste dans ma bande d'amis ?

— Bonjour, Adrien, minaude-t-elle. Bonjour, tout le monde !

Les autres croient que Lila est une fille honnête et sympa. Mais moi, je connais la vérité. C'est une horrible menteuse ! Si la manipulation était une matière enseignée au collège, Lila aurait tout le temps vingt sur vingt. Elle pourrait même faire cours, tiens ! Regardez-moi ce grand sourire et cet air angélique !

Agacée, j'attrape Alya par le bras.

— On devrait peut-être réviser le contrôle, non ? je marmonne.

Oui, bon, c'est un prétexte pour m'éloigner. Mais si je reste là, je vais finir par exploser ! Je fonce m'asseoir sur un banc avec ma meilleure amie, alors que Lila s'avance vers Chloé.

— J'ai entendu que tu parlais de Ladybug.

— Euh, je peux savoir qui tu es ? réplique Chloé, avec une moue.

En réalité, elle sait très bien qui est Lila mais fait semblant de l'ignorer. Sa porteuse de sac – mieux connue sous le nom de Sabrina – se charge des présentations.

— Euh, elle s'appelle Lila et elle est dans notre classe, explique-t-elle.

— Ah, vraiment ? se moque Chloé. On ne peut pas dire qu'elle m'ait fait grande impression.

Alors, là, franchement, je dis chapeau ! Parmi tous les élèves de la classe, Chloé est la seule – à part moi et Adrien – à ne pas se laisser duper par Lila. Et à la remettre à sa place ! J'ai presque envie d'applaudir.

— Ha, ha, ha ! s'esclaffe celle-ci – pour de faux, évidemment. J'adore ton sens de l'humour ! Maintenant que j'y pense, Ladybug m'en avait déjà parlé.

Hein ? Quoi ? J'ouvre grand les oreilles.

— Toi ? s'étonne Chloé. Tu parles à Ladybug ?

— Bien sûr ! prétend Lila, en rejetant ses cheveux en arrière. On est vraiment super copines toutes les deux ! Un peu comme toi et Sabrina. Enfin, à l'époque… Dès que j'ai envie de la voir, je fais un rituel magique, et elle apparaît tout de suite.

N'importe quoi ! Le pire, c'est que je ne peux pas intervenir !

— Magique ? demande Chloé.

— Magique, confirme Lila. Comme ton signal pour la faire venir, sauf que ma technique fonctionne à tous les coups.

Face à elle, Chloé bouillonne de jalousie. Mais au prix d'un gros effort, elle réussit à s'éloigner, l'air indifférent. Du pur Chloé, quoi ! Elle refuse de s'abaisser devant Lila.

— Bah, chacune son truc ! lui lance-t-elle.

— Tu ne veux pas savoir ce que c'est ? demande Lila.

Chloé se retourne.

— Si tu insistes !

Là, Lila s'approche pour lui murmurer quelques mots à l'oreille. Et j'ai beau tendre la mienne (d'oreille), je n'arrive pas à entendre ce qu'elle lui dit.

— Si Ladybug ne te rejoint pas après ça, conclut Lila à voix haute, alors tu auras la preuve qu'elle ne tient pas à toi !

Non, mais qu'est-ce qu'elle a encore inventé ? Une chose est certaine, je ne peux pas rester les couettes croisées ! Lorsque la sonnerie retentit, je laisse Alya partir devant moi et je rejoins Chloé qui est restée seule, au milieu du préau.

— Qu'est-ce que tu veux, Dupain-Cheng ? demande-t-elle, hautaine.

Son ton agacé ne me fait ni chaud ni froid. J'ai l'habitude ! Le jour où elle sera gentille avec moi, c'est là que je m'inquiéterai ! Et je sais qu'au fond, elle n'est pas méchante. Malgré sa situation privilégiée, elle n'a pas une vie facile. Sa mère, directrice d'un célèbre journal de mode à New York, n'est jamais là, et son père aussi est très occupé. Je pense d'ailleurs que ça explique que Chloé tienne tant à rester Queen Bee.

— J'ignore ce que Lila t'a raconté, mais tu devrais te méfier de cette fille, je lui conseille. Et surtout, je suis sûre que Ladybug viendra te voir, quoi qu'il arrive. Avec ou sans rituel.

— Je rêve, ou tu te moques de moi ? s'énerve-t-elle.

— Non, pas du tout ! je m'empresse de la détromper.

Sauf que ça ne la calme pas, au contraire. Chloé pique une crise.

— Je peux voir Ladybug, à chaque fois que j'en ai envie, compris ? s'écrie-t-elle. Alors, mêle-toi de tes affaires, Dupain-Cheng !

Et elle s'en va à grands pas. Mon plan a échoué ! Comme nous sommes seules, Tikki en profite pour sortir la tête de mon sac.

— Tu dois vraiment lui parler ! déclare-t-elle.

— Mais je viens de le faire ! Tu as bien vu que ça ne servait à rien.

— Non, réplique Tikki. Marinette a parlé à Chloé. Tu sais bien que la

seule personne qu'elle écoutera, c'est Ladybug.

Je soupire. Elle a raison, bien sûr. Et j'imagine déjà la déception de Chloé lorsque je lui annoncerai que ses missions sont terminées… pour de bon.

3

Changement de programme

Le Papillon est satisfait. Comme il l'avait prédit, Lila s'est montrée à la hauteur de ses attentes. La pression monte chez Chloé ! Il n'y a plus qu'à attiser toute cette colère afin de la faire… exploser ! Pour cela, le Papillon peut compter sur Mayura. Perchée sur une cheminée, sa fidèle assistante épie une jeune femme qui promène son enfant en poussette.

— Une sucette, une sucette ! réclame-t-il.

— Non, Auguste, je te l'ai déjà dit mille fois, tu es trop petit pour avoir une sucette, proteste sa mère.

Il devra se contenter de sa tétine, sans sucre et sans goût. Mais ça ne lui plaît pas du tout ! Il se met à hurler comme une sirène. Mayura sourit : voilà la proie idéale ! Elle arrache l'une des plumes blanches de son éventail magique. Après un bref passage dans sa main, la plume – devenue violette – est chargée en énergie négative.

— Vole bel amok, l'encourage-t-elle, en soufflant dessus. Et donne corps à cette frustration.

L'amok va se fondre dans la tétine de l'enfant. L'instant d'après, comme un rêve qui se réalise, un géant de sucettes multicolores apparaît juste devant lui….

Ça y est, les cours sont terminés ! Tandis que les élèves rentrent chez eux, je me cache derrière un pilier pour me transformer, avant de filer chez Chloé. Mais en chemin, j'aperçois un Sentimonstre entièrement constitué de sucettes ! Eh bien, en voilà un qui avait drôlement envie de friandises ! Appétissant ou pas, le géant déambule dans les rues de Paris et risque de provoquer de gros dégâts.

Je dois agir !

— Désolée, Chloé, je me murmure à moi-même. Tu vas attendre encore un peu.

Chat Noir ne tarde pas à me rejoindre sur le toit.

— Attention, ma Lady, les sucettes, ce n'est pas bon pour les dents ! plaisante-t-il, en brandissant son bâton.

Le Sentimonstre ne semble pas apprécier sa petite blague, parce qu'il passe à l'attaque ! Nous esquivons sa sucette-massue de justesse.

Avant de répliquer…

Le Sentimonstre ne passe pas inaperçu, et Chloé a déjà allumé son projecteur « abeille ». Cette fois, c'est la bonne, elle le sent !

— Allez, Ladybug, viens vite me chercher ! s'impatiente-t-elle.

— Tu sais, Chloé, si elle ne vient pas, intervient Sabrina, je peux apporter les costumes pour nous déguiser ?

— C'est ça oui, va chercher les costumes… répond celle-ci, concentrée sur les infos.

Après le départ de son amie, elle repense au rituel soi-disant magique de Lila. Celui-ci consiste en une petite danse ridicule. *Totalement* ridicule. Mais Chloé se trouve seule, sur le toit de son palace, et elle est prête à tout pour faire venir Ladybug. À tout.

Une jambe pliée, un bras au-dessus de la tête, Chloé tournicote sur elle-même, en chantant :

— Ladybug, Ladybug, Ladybug !

Le pauvre majordome qui arrive à cet instant, avec le doudou préféré de Chloé, se fait congédier, et plus vite que ça ! La jeune fille n'a envie de voir personne – hormis Ladybug, bien sûr. Toutefois, les minutes filent… Le cœur brisé, Chloé assiste à une nouvelle victoire de la super-héroïne sur son téléphone. C'est fini, celle-ci

ne viendra pas la chercher.

Mais pourquoi ? Chloé ne comprend pas.

— Pourtant, j'ai fait le rituel magique, Ladybug ne m'a quand même pas oubliée ! enrage-t-elle. C'est cette petite prétentieuse au collège qui s'est moquée de moi !

Et elle ressort la photo d'elle et de Ladybug, les larmes aux yeux.

Heureusement, Sabrina a une idée pour la consoler : leur jeu préféré ! Elle, elle se déguise en Chat Noir, et Chloé, en Ladybug. D'habitude, elles s'amusent à remplir de fausses missions aux quatre coins du palace. Bien sûr, Chloé a toujours le beau rôle, mais ça n'a aucune importance.

Sabrina adore partager ces moments avec elle… sauf qu'ils sont bien rares depuis que Chloé est devenue Queen Bee.

— Ce n'est pas grave, on peut toujours jouer, propose-t-elle, déjà déguisée en Chat Noir.

— Jouer ? Avec toi ? fulmine Chloé, en la fusillant du regard. Mais pour qui tu te prends ? Tu n'as même pas

de pouvoir ! Tu ne sers à rien ! Moi, je suis une super-héroïne, OK ? Je suis Queen Bee ! On n'a rien en commun, toutes les deux. Va-t'en !

En pleurs, Sabrina s'enfuit. C'est alors qu'un akuma vient se fondre dans le cliché que tient Chloé.

Le Papillon a obtenu exactement ce qu'il voulait. La fureur de Chloé.

— Ma chère Chloé, je suis le Papillon, se présente-t-il par télépathie. Ladybug a décidé de te priver de tes super-pouvoirs ? Moi, je te propose de te les rendre. Rejoins-moi, et nous récupérerons le Miraculous de l'abeille ensemble. Nous ferons équipe, et tes pouvoirs seront illimités.

Chloé est furieuse, ah ça oui ! Mais elle n'est pas du genre à se laisser mener par le bout des lunettes (de soleil). En Queen Bee, elle fait le bien et elle veut continuer ! Alors, elle lutte de toutes ses forces contre sa propre colère. Personne ne lui dictera sa conduite. Pas même le Papillon !

— Non, je suis Queen Bee ! Ladybug viendra me chercher quand elle aura besoin de moi. Je ne te rejoindrai jamais !

Et elle jette la photo, d'où s'échappe l'akuma… avant de prendre une autre direction : celle de l'ascenseur où se trouve une Sabrina, complètement désespérée. Comment Chloé peut-elle lui préférer Ladybug ? Tout ça parce que Sabrina n'a pas de super-pouvoirs ! C'est injuste ! L'insecte

maléfique se fond aussitôt dans son faux bâton de Chat Noir.

À partir de cet instant, le Papillon peut communiquer avec elle.

— Miraculeur, ton amie t'a rejetée parce qu'elle ne s'intéresse qu'à une chose : les pouvoirs des super-héros. Eh bien, je te donne maintenant le pouvoir de les leur voler et de te réconcilier avec ton amie. En échange, tu devras me rapporter les Miraculous de Ladybug et de Chat Noir.

— Merci beaucoup, Papillon, répond Sabrina. Chloé et moi allons enfin former une vraie équipe.

Cheveux rose fuchsia en forme de flamme, combinaison noire assortie. Et surtout, bâton dont le pouvoir est de voler ceux des autres.

Super-héros de tous bords, tremblez dans vos combinaisons ! Miraculeur débarque en ville. Et il s'annonce… redoutable !

4

Une super-voleuse

Mes mots préférés ? Mission accomplie, bien sûr ! Avec l'aide de Chat Noir, j'ai pu récupérer l'amok, et le Sentimonstre n'est plus qu'un mauvais souvenir. Ouf ! Alors que nous célébrons notre victoire, tout près d'un carrousel, une super-vilaine débarque.

C'est fou, ça ! On n'a même pas le temps de souffler !

— Tu arrives un peu tard, lui lance mon coéquipier. La bagarre, c'était il y a cinq minutes.

— La bagarre, c'était il y a cinq minutes, répète notre adversaire d'un air moqueur. Tu te trompes, c'est maintenant !

Elle bondit devant nous, avant d'ajouter :

— Tu as laissé Chloé s'humilier à t'attendre une fois de trop, Ladybug !

Qui pourrait défendre Chloé de cette façon ? Sabrina, bien sûr ! Mais, au même instant, mes boucles d'oreilles se mettent à clignoter. Il ne manquait plus que ça !

— Chat Noir, je vais bientôt me détransformer ! je lui annonce.

— Oh, aide-moi, Chat Noir ! m'imite la super-vilaine sur un ton ridicule.

Elle commence à sérieusement m'agacer, celle-là !

— Je ne parle pas comme ça !

Je me précipite sur elle, mais elle réussit à me toucher avec son bâton. L'instant d'après, des motifs

« yoyos coccinelles » parsèment sa combinaison.

— Lucky Charm ! s'écrie notre adversaire, en lançant son bâton dans les airs.

Là, sous mes yeux ahuris, celui-ci se transforme en une arme absolument terrifiante. Énorme, avec des piques et une lame acérée. Au secours !

— Qu'est-ce qu'elle a fait ? je m'étonne.

— Elle t'a volé tes pouvoirs, me répond Chat Noir. La sale petite copieuse ! Va chercher des renforts, je me charge d'elle !

Je le laisse à regret, pour filer chez Maître Fu. Je dois faire vite. Chat Noir ne pourra pas tenir longtemps seul, face à cette super-voleuse ! Je suis même prête à parier qu'elle lui a déjà dérobé son pouvoir ! À mon arrivée chez le Grand Gardien des kwamis, je lui raconte ce qui s'est passé, et il s'empresse d'aller chercher la Miracle Box.

— Marinette Dupain-Cheng, déclare-t-il, tandis que les petits tiroirs s'ouvrent, et révèlent la fabuleuse collection de bijoux magiques. Choisis un allié de confiance pour t'aider dans cette mission. Une fois qu'elle sera achevée, tu devras reprendre le Miraculous et me le ramener.

— Nous avons besoin de tout le monde !

Maître Fu semble étonné.

— Même de Chloé ? me demande-t-il.

— C'est sa meilleure amie qui a été akumatisée, j'explique, en saisissant le peigne abeille. Si quelqu'un peut nous aider, c'est Chloé !

Plus le temps d'y réfléchir de toute façon. Mon coéquipier a besoin de moi ! Lorsque je le rejoins, je le trouve en piteux état. La super-voleuse a retourné son pouvoir contre lui ! Pauvre Chat Noir ! Il attrape le peigne pour aller le donner à Chloé, tente de bondir… et atterrit lourdement sur le toit.

— Est-ce que ça va ? je m'affole.

— Oh, ce n'est rien, j'ai juste pris un Cataclysme dans les côtes, pas de quoi s'affoler ! trouve-t-il encore la force de plaisanter.

— Je te promets qu'on va récupérer nos pouvoirs, Chat Noir, et je pourrai te guérir.

— J'ai hâte qu'on en soit là, réplique-t-il, avant de glisser le long de son bâton.

J'espère qu'il tiendra le coup. De mon côté, je fonce chercher Alya et Nino…

Youhou ! Sabrina-Miraculeur est folle de joie ! Maintenant qu'elle a les pouvoirs de Ladybug et de Chat Noir, Chloé va forcément vouloir redevenir son amie. Et elles vont s'amuser comme des folles !

Un petit Lucky Charm par ci, un Cataclysme par-là... et pouf, Paris est libéré des forces du mal ! Elle a tellement hâte d'annoncer la nouvelle à sa meilleure amie !

Pour retrouver Chloé, ce n'est pas compliqué : celle-ci attend toujours désespérément Ladybug sur le toit du palace.

— Chloé ! lui lance-t-elle, en sautillant. C'est bon, j'ai des super-pouvoirs, on va pouvoir jouer ensemble !

— Sabrina ? devine son amie avec stupeur.

— Je suis Miraculeur, maintenant ! J'ai volé les pouvoirs de Ladybug et Chat Noir. Tu veux celui de Ladybug ? Tu pourrais être Ladybug et moi, Chat Noir, pour de vrai. Notre rêve devient réalité.

Mais Chloé ne paraît pas très emballée.

— Pas comme ça ! s'écrie-t-elle. Tu ne comprends rien, décidément. Je ne veux pas être Ladybug, il n'y a qu'une seule Ladybug ! Et ce n'est pas moi. Moi, je suis…

— Queen Bee ! poursuit Chat Noir, qui vient d'arriver tant bien que mal.

Avec un sourire, il lui montre le peigne abeille.

— Ah, quand même ! rouspète Chloé. Ce n'est pas trop tôt !

Mais, alors qu'elle s'approche pour saisir l'accessoire magique, Mayura surgit et s'en empare ! Puis, elle bondit près de Miraculeur.

— Qui vous êtes, vous ? l'interroge Chloé.

— Je suis Mayura, répond celle-ci, en tendant le peigne.

Fais équipe avec nous, ton rêve pourra devenir réalité.

— Enfin, méfie-toi quand même, intervient Chat Noir. Ce rêve m'a tout l'air d'un cauchemar…

Il ne croit pas si bien dire ! Forte des deux super-pouvoirs, Miraculeur se fait une joie de les utiliser… ensemble !

— Lucky Charm ! s'exclame-t-elle, tandis qu'un sèche-cheveux lui retombe dans les mains. Cataclysme !

Le sèche-cheveux devient alors… super destructeur ! Il souffle un Cataclysme sur Chat Noir, qui s'effondre. En voyant ça, Chloé s'agace :

— Vous n'en seriez pas là, si vous étiez venus me chercher plus tôt, avec Ladybug !

— Merci, Chloé, lui répond Chat Noir qui se redresse péniblement. Ça m'aide beaucoup ce que tu dis.

Quand j'arrive sur le toit du palace, avec Rena Rouge et Carapace, la bataille fait rage ! J'attrape Chloé qui s'énerve toute seule, dans son coin.

J'ai eu le temps de réfléchir et j'ai mis au point une stratégie pour vaincre la super-voleuse. Mais encore faut-il que Chloé se calme !

— Ah bon, ben, quand même ! ronchonne-t-elle.

Je plaque une main sur sa bouche pour la faire taire.

— Chut ! je murmure. J'ai un plan, écoute attentivement…

Et je lui explique tout…

5

Vive Queen Bee !

Alors que Miraculeur agite son arme terrifiante devant Chat Noir – arme d'autant plus redoutable qu'elle est maintenant dotée du Cataclysme –, Chloé s'avance d'un pas déterminé.

— Sabrina, finalement, j'ai changé d'avis, affirme-t-elle. Je veux le super-pouvoir de Ladybug. Ils auraient dû venir me chercher plus tôt mais, comme ils ne l'ont pas fait, j'ai décidé que je préférais jouer avec toi, à la place.

Face à elle, Miraculeur bondit de joie. Elle en fait même disparaître son arme de l'horreur.

— Ah, ce que je suis contente ! s'écrie-t-elle. On va bien s'amuser. Tiens, voilà le pouvoir de Ladybug !

Elle touche Chloé du bout de son bâton… et ça alors ! sa meilleure amie se transforme en Ladybug ! Ce n'était pourtant pas prévu !

Juste après, Carapace et Rena Rouge surgissent derrière elle.

La super-vilaine n'y comprend rien de rien.

Mon plan a fonctionné comme sur des yoyos !

La super-voleuse n'a rien vu venir ! En même temps, comment aurait-elle pu se douter que je me servais d'une illusion pour lui faire croire que j'étais Chloé ? En tout cas, je suis plutôt contente d'avoir récupéré mes pouvoirs, moi !

— Merci Miraculeur, je lui dis. J'en avais bien besoin !

La vraie Chloé apparaît… et elle est furax.

— Tu me confonds avec une vulgaire illusion, et tu prétends être ma meilleure amie ? peste-t-elle.

Tout aussi furieuse, Miraculeur veut repasser à l'attaque, mais Carapace crée un bouclier protecteur autour de moi. Bouclier vite détruit par le Cataclysme que la super-vilaine a dérobé à Chat Noir. De son côté, mon coéquipier affaibli affronte Mayura, qui semble bien décidée à lui voler sa bague. Non, mais c'est quoi cette manie de vouloir prendre ce qui ne leur appartient pas ?

Je vais leur enseigner les bonnes manières, moi ! D'un coup de yoyo, je projette Mayura au loin. Puis, je me penche sur Chat Noir, étendu sur le sol. Le pauvre a l'air vraiment mal !

— Désolé, ma Lady, j'ai lutté aussi longtemps que possible…, murmure-t-il, faiblement.

Oh non, il me fait trop pitié, je dois le guérir vite ! Tandis que je l'aide à se redresser, j'aperçois Rena Rouge et Carapace en plein affrontement contre Miraculeur. Sauf que la super-vilaine est parvenue à leur voler leurs pouvoirs ! Sa combinaison porte désormais aussi les motifs de Carapace et de Rena Rouge. Comme si cela ne suffisait pas, Mayura se relève, prête à lancer un nouvel assaut !

Enfin, c'est ce que je crois. Au lieu de m'attaquer, elle s'en va, avec le Miraculous de l'abeille. Sans doute un ordre du Papillon ! Elle bondit de parasol en parasol. Mais même mal en point, Chat Noir n'a pas dit son dernier mot. Il jette son bâton sur elle.

Dans le mille !

Touchée, elle lâche le peigne magique. Et, en un jet de yoyo, je le récupère. Un beau travail d'équipe !

— Tu n'as rien perdu ? je la nargue.

La voilà qui s'enfuit ! Hop, j'envoie le Miraculous de l'abeille à Chloé.

— Suis Mayura ! je lui crie. Elle va nous conduire au Papillon !

— Tu ne vas pas le regretter, me promet-elle, en attrapant l'accessoire magique.

Un instant plus tard, Chloé se transforme en Queen Bee et elle s'élance à la poursuite de notre ennemie…

Ah, comme Chloé est heureuse de redevenir Queen Bee ! Et elle n'a pas prévu de décevoir Ladybug, ça non !

Encore faudrait-il qu'elle retrouve Mayura… Si elle n'y parvient pas, elle va passer pour la super-héroïne la plus nulle de la Terre ! Ah ouf, la voilà sur un toit.

— Je vais me débarrasser de toi, dare-dare ! la prévient Queen Bee.

Coups de pied, volte-face, plaquages, c'est la bagarre ! Mais Mayura a le dessus. Elle plaque la super-héroïne au sol.

— J'ai une petite question pour toi, dit-elle. Ça te plaît d'être l'esclave de Ladybug ? D'attendre qu'elle veuille bien te prêter un Miraculous ? Tu ne préférerais pas avoir un pouvoir illimité ?

Chloé la regarde d'un air blasé.

— Ça fait trois questions, rétorque-t-elle.

— Si tu nous rejoins, tu pourras te transformer en Queen Bee à volonté, argumente Mayura.

— Hum, Ladybug m'a donné une deuxième chance, alors je vais faire la même chose, réplique la jeune fille, avec un sourire.

Hors d'elle, Mayura tend la main vers le peigne glissé dans les cheveux de Chloé.

— Tu vas le regretter ! gronde-t-elle.

— C'est toi qui vas regretter de m'avoir sous-estimée, espèce d'oiseau de malheur ! avertit Queen Bee.

En un éclair, elle attrape le bras de Mayura, se redresse, avant de bondir au-dessus d'elle et de l'immobiliser. Ah, le paon ne s'attendait pas à ça !

— Qu'est-ce qu'il se passe, si j'enlève ça ? demande-t-elle, en désignant la broche magique.

Mais son adversaire parvient à se libérer. Et à s'enfuir.

J'espère que Chloé a pu remplir sa mission ! De notre côté, nous continuons d'affronter Miraculeur. Après mon pouvoir, ceux de Chat Noir et de Carapace, elle fait désormais joujou avec celui de Rena Rouge.

— Mirage ! s'exclame-t-elle, en brandissant son bâton.

L'instant d'après, elle est cernée par des copies parfaites !

Impossible de savoir qui est la vraie. Ou peut-être que si ! Carapace lance son bouclier, moi, mon yoyo, et nous faisons disparaître toutes les illusions.

Bien essayé, Miraculeur !

J'enroule le fil de mon yoyo autour de sa taille. Mais de son bras levé, elle invoque le Cataclysme. Vite, mes trois coéquipiers se précipitent sur elle pour l'immobiliser. Carapace bloque sa main qui tient le bâton, Rena Rouge son poing chargé en énergie destructrice, et Chat Noir ses jambes.

Tandis que Carapace tente de saisir son bâton, la super-voleuse crée un bouclier tout autour pour le protéger.

— Eh bien, bonne chance si tu veux prendre mon akuma, se moque-t-elle.

Au moins, on sait avec certitude où se trouve le papillon maléfique ! Maintenant, il faut *juste* s'en emparer. Et j'ai le moyen parfait pour ça.

— Lucky Charm ! je m'écrie, en jetant mon yoyo au-dessus de ma tête.

Une nuée de coccinelles magiques s'en échappe, avant de se transformer en un objet mystère qui me retombe dans les mains. Là, c'est ta-dam : un oreiller.

Euh, ce n'est pas vraiment le moment de piquer un petit somme !

De toutes leurs forces, Rena Rouge et Carapace essaient de rapprocher les deux mains de Miraculeur, afin de

détruire le bouclier. Mais au dernier moment, la super-vilaine serre le poing pour faire disparaître son Cataclysme.

— Plus vous êtes nombreux, plus vous êtes bêtes, ricane-t-elle.

Pendant ce temps, j'observe l'oreiller, complètement perplexe. Qu'est-ce je dois faire de ce truc ? Et Miraculeur qui réussit à repousser Chat Noir ! Heureusement, Queen Bee revient pile au bon moment pour le remplacer.

— Les chatouilles ! me crie-t-elle.

— Mais bien sûr ! je comprends.

De quoi est fait un oreiller, en général ? De plumes ! Et on n'a rien trouvé de mieux pour les guiliguilis ! Je regarde le bâton que la super-vilaine tient les bras en l'air au-dessus de sa tête, et je déchire le tissu qui enveloppe l'oreiller.

— Je croyais qu'on était amies, se désole la super-vilaine, les yeux baissés sur Chloé.

— Tu t'es trompée, réplique celle-ci. Mon amie, c'est Sabrina. Pas Miraculeur.

Je m'approche de la super-voleuse, une plume à la main, et hop ! je la

chatouille sous le bras. Incapable de résister, elle se met à rire. Je m'arrête un instant.

—Je recommence ? je lui demande.

— Non, me répond-elle. Protection !

Le bouclier qui enveloppait le bâton s'évapore, remplacé aussitôt par un autre qui protège Miraculeur sous les bras. Elle ne pouvait pas protéger deux endroits à la fois ! Il ne me reste plus qu'à m'emparer du bâton et à le briser afin de libérer l'akuma.

Du bout du doigt, j'ouvre mon yoyo pour le capturer. Après quelques instants, le papillon maléfique redevient l'insecte inoffensif qu'il était.

J'envoie l'oreiller dans le ciel de Paris, en criant :

— Miraculous Labybug !

Les petites coccinelles magiques réparent instantanément tous les dégâts. Et guérissent mon coéquipier. Ouf ! Il se relève avec un large sourire, tandis que Miraculeur laisse la place à la gentille Sabrina déguisée en Chat Noir. Re-ouf !

— Ladybug, m'informe Queen Bee, Mayura a réussi à m'échapper. Je suis désolée. Totalement désolée.

— Ce n'est pas grave, je la rassure. On l'aura, la prochaine fois.

Puis, je lui fais signe de me rendre le peigne. Elle ne semble pas ravie.

— Si tu étais venue me le donner plus tôt, on aurait sûrement battu le Papillon, me reproche-t-elle.

Je crois que c'est le moment de lui dire la vérité. Comme j'aimerais pouvoir faire autrement ! Elle ne mérite vraiment pas ça. J'espère qu'elle ne sera pas trop triste… Elle a fourni tellement d'efforts pour devenir une super-héroïne digne de ce nom. Mais je n'ai pas le choix. Le Papillon ne doit jamais remonter jusqu'à nous.

— Je suis désolée, Chloé, ça fait longtemps que j'aurais dû te le dire… Je ne pourrai peut-être jamais te redonner ce Miraculous.

— Quoi ? s'offusque-t-elle. Mais j'ai toujours fait ce que tu me demandais !

— Oui, je le sais. Mais je fais ça pour assurer ta sécurité. C'est trop dangereux pour toi et pour tes proches, parce que le Papillon connaît ton identité.

Avec une moue agacée, elle se détransforme, avant de me rendre le Miraculous de l'abeille.

— J'ai compris, me répond-elle. Mais je suis certaine que tu auras encore besoin de moi, Ladybug. Je sais qu'un jour, je serai à nouveau Queen Bee. Quoi qu'il arrive, je serai toujours Queen Bee.

Qui aurait cru que Chloé pourrait devenir une super super-héroïne ? Pas moi, en tout cas ! Comme quoi, il faut parfois se méfier des apparences… Et c'est elle qui a raison : même sans combinaison, ni pouvoir, elle restera la seule et unique Queen Bee !

Fin

Retrouve très bientôt
Ladybug et Chat Noir
dans une nouvelle
aventure
en Bibliothèque Rose !

As-tu lu les premiers tomes des aventures de Ladybug et de Chat Noir ?

Miraculous
LA BIBLIOTHÈQUE rose
Vilain Noël !
Seule contre tous !
Luka superstar
Un duo de choc !
Opération Adrien !
Amnésie
Reine des kwamis

Table

hachette s'engage pour l'environnement en réduisant l'empreinte carbone de ses livres. Celle de cet exemplaire est de :
300 g éq. CO_2
Rendez-vous sur
www.hachette-durable.fr

PAPIER À BASE DE
FIBRES CERTIFIÉES

Photogravure Nord Compo - Villeneuve-d'Ascq

Imprimé par Rotolito Romania en Roumanie
Dépôt légal : janvier 2021
Achevé d'imprimer : avril 2021
17.2061.3/02 – ISBN 978-2-01-712819-9
Loi n° 49956 du 16 juillet 1949
sur les publications destinées à la jeunesse